THÉATRE DU VAUDEVILLE.

L'HOMME QUI SE CHERCHE,

COMÉDIE-VAUDEVILLE EN UN ACTE,

PAR MM. DECOMBEROUSSE ET ROCHE,

Représentée pour la première fois à Paris, sur le théâtre du VAUDEVILLE, le 27 Décembre 1846.

Prix : 60 centimes.

PARIS,
BECK, EDITEUR,
RUE GIT-LE-CŒUR, 12.
TRESSE, successeur de J.-N. BARBA, Palais-Royal.

1846.

L'HOMME QUI SE CHERCHE

COMÉDIE-VAUDEVILLE EN UN ACTE,

PAR MM. DECOMBEROUSSE ET ROCHE,

Représentée pour la première fois à Paris, sur le théâtre du VAUDEVILLE,
le 27 Décembre 1846.

PERSONNAGES.	ACTEURS.
GEORGES...	MM. Félix.
VERRIÈRES, avoué...............................	Montalent.
BERTRAND, employé à l'enregistrement..........	Bernard-Léon.
LÉONIE, femme de Verrières....................	Mlles Daubreux.
MADAME DE SIRVANNES, son amie..................	Lecomte.
GUILLAUME, domestique de Madame de Sirvannes...	MM. Ballard.
PIERRE, domestique de Verrières...............	Roger.

La scène est à Corbeil près Paris.

S'adresser, pour la musique de cet ouvrage, à M. R. Taranne, bibliothécaire, au théâtre du Vaudeville.

Le théâtre représente un jardin. Un pavillon à droite. Un bosquet à gauche. Tables et chaises de jardin.

SCÈNE PREMIÈRE.

MADAME DE SIRVANNES, GUILLAUME, puis LÉONIE.

(Au lever du rideau, Madame de Sirvannes est assise et occupée à broder.
GUILLAUME, *annonçant.*
Madame de Verrières.
MADAME DE SIRVANNES, *allant au-devant de Léonie et la baisant au front.*

Ma chère Léonie! ici!... dans notre ville de Corbeil, et depuis quand?

LÉONIE.
Depuis hier.

MADAME DE SIRVANNES.
C'est bien aimable à toi.

LÉONIE.
Ne me remerciez pas de ma visite, je viens vous demander un service.

MADAME DE SIRVANNES.
Alors, je te remercie deux fois.

LÉONIE.
J'étais sûre d'avance de votre réponse. Je me suis dit : Madame de Sirvannes, ma bonne tante, qui m'a toujours traitée comme sa fille, ne me refusera pas ses conseils.

MADAME DE SIRVANNES.
De quoi s'agit-il donc? tu parais tout émue.

LÉONIE.
Ah! ma bonne amie, je suis bien malheureuse!

MADAME DE SIRVANNES.
Toi!

LÉONIE.
C'est au point que, sans vous je ne sais pas ce que je deviendrais.

MADAME DE SIRVANNES.
Ah! mon dieu, tu m'effrayes. Explique-toi bien vite.

LÉONIE.
Vous savez que mon père, il y a bientôt six mois, m'a mariée à monsieur Verrières.

MADAME DE SIRVANNES.
Oui, un jeune avoué riche et d'une figure très agréable.

LÉONIE.
Hélas!... oui.

MADAME DE SIRVANNES.
Quel soupir! ah! ça, est-ce que ton mari se conduirait mal avec toi?

LÉONIE.
Lui!... mais c'est le meilleur des hommes.

MADAME DE SIRVANNES.
Je comprends... c'est un excellent homme... qui a un mauvais caractère.

LÉONIE.
Du tout... charmant!

MADAME DE SIRVANNES.
C'est donc son esprit?

LÉONIE.
Mais il en a beaucoup! et puis il m'aime tant, il se jeterait au feu pour satisfaire le moindre de

mes caprices, enfin c'est un mari que la femme la
plus indifférente ne pourrait pas s'empêcher...
d'adorer.

MADAME DE SIRVANNES.

Et toi... tu ne l'aimes pas ?

LÉONIE.

Au contraire ! Mon Dieu si ; je l'aime... je l'aime
beaucoup, et c'est bien là le mal.

MADAME DE SIRVANNES.

Comment ?

LÉONIE.

Sans doute. Parce que ce n'est pas lui que je
devrais aimer ainsi.

MADAME DE SIRVANNES.

Par exemple ! et mais qui donc ?

LÉONIE.

Un ami de mon enfance, celui qui avait reçu
mes premiers serments d'amour éternel.

MADAME DE SIRVANNES.

Ah ! il y en avait un autre ?

LÉONIE.

Mon Dieu oui ! auquel mon père eut la cruauté
de refuser ma main, sous prétexte que j'étais trop
jeune, et qu'il n'avait ni état ni fortune, comme si
l'amour n'était pas le premier des biens.

MADAME DE SIRVANNES.

Quand il y en a d'autres.

LÉONIE.

Oh ! Georges était incapable de songer à de mi-
sérables calculs d'argent ! Eh bien ! le croiriez-
vous ? ce pauvre jeune homme n'écoutant que
sa passion pour moi, a bien voulu, pour s'enrichir, accepter un intérêt que son oncle lui offrait
dans sa maison de commerce de New-York, et il est
parti.... en emportant la promesse que je ne serais jamais qu'à lui....

MADAME DE SIRVANNES.

Folie d'enfant !

LÉONIE.

Oh ! non, non, j'étais bien décidée à tenir ma
parole. Pendant six mois je fus... au désespoir !...
puis je me calmai un peu... puis, comme il ne
nous avait pas donné une seule fois de ses nouvelles... que personne ne m'en parlait... je ne sais
pas comment cela s'est fait, mais petit à petit, j'ai
fini par m'accoutumer à ne plus penser à lui.....
mais du tout, du tout, si bien que lorsque mon
père est venu me demander si je voulais bien
épouser M. Verrières, j'ai tout de suite répondu :
Oui, comme une étourdie.

MADAME DE SIRVANNES.

Et tu n'as pas lieu de t'en repentir.

Air : *J'en guette un petit de mon âge*

De ton amour il est digne sans doute,
Par ses soins et par ses bontés.

LÉONIE.

Ah ! j'apprécie autant que je redoute
Toutes ses nobles qualités ;
Oui, sa bonté me devient dangereuse,
Et quand un autre a droit à mes regrets,
Si je n'y prenais garde... mais
Je finirais par être heureuse.

MADAME DE SIRVANNES.

Comment donc ! mais ça serait très désagréa-
ble.

LÉONIE.

Songez, ma bonne amie, combien je suis coupable envers Georges, car enfin j'ai trahi mes serments, ce que personne ne fait.

MADAME DE SIRVANNES, *souriant.*

Oh ! personne !.. Sais-tu d'abord s'il a tenu les
siens ? s'il reviendra jamais.

LÉONIE.

Il est revenu.

MADAME DE SIRVANNES.

Qui te l'a dit ?

LÉONIE.

Mais je l'ai vu... au spectacle, à Paris, il y a
quelques jours.

MADAME DE SIRVANNES.

Et tu lui as parlé ?

LÉONIE.

Il l'a bien fallu. Mon mari n'avait pu m'accom-
pagner ; son père, avec qui j'étais, venait justement de sortir pour prendre l'air ; tout-à-coup
j'entends prononcer mon nom... je me retourne..
qu'est-ce que je vois ? Georges ! pâle, tremblant
et si heureux de me retrouver... ah ! sa joie m'a
fait une honte !... j'ai été sur le point de lui dire :
Je ne suis plus digne de vous, je vous ai abomina-
blement trompé... je suis mariée à un autre.

MADAME DE SIRVANNES.

Mais tu aurais très bien fait. Qu'est-ce qui t'en
a empêchée ?

LÉONIE.

Lui apprendre une pareille nouvelle tout-à-coup,
sans ménagement... à un homme d'un pareil caractère ?

MADAME DE SIRVANNES.

Il est donc bien sentimental ?

LÉONIE.

Au contraire ! il est très gai, et c'est ce qu'il y
a de terrible... parce qu'avec ces gens-là, le cha-
grin est bien plus pernicieux.

MADAME DE SIRVANNES.

Il faudra pourtant bien qu'il l'apprenne.

LÉONIE.

C'est ce que j'ai pensé avec effroi, lorsqu'il m'a
demandé quand il pourrait me revoir..... J'allais
m'expliquer... Heureusement je me suis souvenue
que je devais quitter Paris dès le lendemain.... Et
croyant ainsi lui échapper, je lui dis que je partais
pour Corbeil. Mais, voyez le malheur, lui aussi de-

vait s'y rendre dès qu'il aurait terminé une affaire.
Interdite, je voyais déjà une provocation..... un
duel... mon mari est si jaloux !... pardonnez-moi,
ma bonne amie, je perdis la tête, et quand Georges
renouvela ses instances pour savoir où il me
trouverait, je m'écriai : chez madame de Sirvannes.

MADAME DE SIRVANNES.

Ainsi, M. Georges va venir ?

LÉONIE.

Et c'est vous qu'il demandera.

MADAME DE SIRVANNES.

Moi !

LÉONIE.

Oh ! je vous en prie, consentez à le voir, faites
que Georges m'oublie, et je vous en aurai une reconnaissance éternelle.

MADAME DE SIRVANNES.

Mon Dieu ! je le ferais volontiers ; mais cela ne
l'éviterait pas une entrevue qu'il chercherait à ob-
tenir, plus tard, par tous les moyens possibles.

LÉONIE.

Oh! ma bonne amie... on vient !... mon Dieu !
si c'était lui !...

****

SCÈNE II.

LES MÊMES, BERTRAND.

BERTRAND, *en dehors.*

C'est bien, c'est bien.... Je m'annoncerai moi-
même.

MADAME DE SIRVANNES.

Eh ! c'est M. Bertrand.

LÉONIE.

Je respire.

BERTRAND, *entrant.*

Ah ! mesdames... enchanté de vous trouver ensemble. Permettez-moi de vous offrir... Ah ! mon
Dieu !... je n'ai qu'un bouquet, et...

MADAME DE SIRVANNES.

Nous sommes deux, M. Bertrand.

LÉONIE.

Vous voilà un peu embarrassé, n'est-ce pas ?

BERTRAND.

Ma foi, c'est vrai, je suis un peu embarrassé.

MADAME DE SIRVANNES.

Comment allez-vous vous tirer de là ?

BERTRAND, *après s'être gratté le front, et avoir*
toussé plusieurs fois.

Air: *Avez-vous vu ces bosquets de lauriers.*

Autrefois... le grand... Salomon...
Président. . une Cour d'assisses...
Voulut. . d'un malheureux garçon
Faire deux parts... c'eût été deux bêtises !
Probablement ça... l'aurait fait mourir...

En corrigeant Salomon... je le pille...
A toutes deux... ces fleurs feraient plaisir...
Les partageant... sans les faire périr...
Moi je les rends... à leur famille.

(*Il divise le bouquet et en donne la moitié à cha-*
cune.)

MADAME DE SIRVANNES.

Allons, allons, pas trop mal.

LÉONIE.

M. Bertrand est d'une galanterie...

BERTRAND.

Oh ! vous en verrez bien d'autres !... je suis
lancé... Je veux être l'homme le plus aimable de
l'arrondissement. (*Bas à Léonie.*) Vous n'avez
rien de nouveau à m'apprendre depuis hier ?

LÉONIE.

Absolument rien.

MADAME DE SIRVANNES.

M. Bertrand sollicite ?...

BERTRAND.

Pas pour moi.

LÉONIE.

M. Bertrand désire que, pendant mon séjour ici,
je trouve un mari à Louise, sa fille, ma meilleure
amie de pension.

BERTRAND.

Je ne veux pas jouer au fin avec vous. Eh bien !
oui, c'est vrai. L'amour paternel m'a rendu intri-
gant, diplomate... je suis méconnaissable. Tant
que Louise ne fut qu'une enfant, j'eus des goûts
paisibles : j'aimai la retraite ; mais à mesure
qu'elle grandissait, qu'elle avançait en âge, moi je
rajeunissais, je devenais plus fou du monde et de
ses bruyants plaisirs. Quand elle eut quinze ans, je
me mis à recevoir, à donner de petites soirées ;
quand elle en eut seize, il fallut aller au bal... Si
bien qu'à la fin de l'hiver, je comptais plus de cent
contredanses passées à faire la pastourelle... ca-
valier seul !... à brouiller toutes les figures, à
éviter de marcher sur les jolis pieds de mes dan-
seuses et surtout à garantir les miens des entre-
chats des danseurs. Ah! Mesdames !... que je ne
mazurke pas l'année prochaine, je vous le demande en grâce. Mariez ma fille !

LÉONIE.

Encore faudrait-il trouver quelqu'un qui fût
digne de Louise... et à Corbeil... en fait de jeunes
gens...

BERTRAND, *vivement.*

Si... si... il y en a un... que le ciel nous envoie... Vous savez que je demeure vis-à-vis de
l'hôtel de la Croix de Malte. Eh bien! hier,
qu'est-ce que j'aperçois ? Un jeune homme de fort
bonne mine, qui venait d'y prendre un loge-
ment.

MADAME DE SIRVANNES.

Vous avez remarqué tout de suite...

BERTRAND.

Quand on a une fille à marier! on fait attention à tout, Madame, et l'on ne regarde pas avec indifférence un jeune homme qui a l'âge de rigueur, vingt-cinq à trente... Je vous prie de le croire... On s'informe de sa fortune... de ses mœurs... de son caractère.

LÉONIE.

Vous avez osé demander...

BERTRAND.

Pour savoir... dam!.. il n'y a guère d'autres moyens... le maître de l'hôtel, qui est fort bavard, m'en a fait un éloge complet... il paraît qu'il est fort riche.

LÉONIE.

Et vous savez son nom.

BERTRAND.

Son nom ?.. certainement!.. on me l'a dit... mais je l'ai oublié : n'importe, vous l'apprendrez bientôt par lui-même, Mesdames, car il a demandé l'adresse de madame de Sirvannes.

LÉONIE.

Plus de doute : c'est lui! c'est M. Georges.

BERTRAND.

Tout juste, c'est ainsi qu'il se nomme... je me le rappelle à présent. Ainsi, vous le voyez, mon jeune ami... est de vos amis, c'est bien là ce qui m'a décidé, et il vous sera facile...

GUILLAUME, *entrant.*

Monsieur Georges demande à parler à Madame.

LÉONIE.

Oh! ciel!

Air : *Eh! mais qu'avez-vous donc de grâce!*
(Avis aux Coquettes.) (Hormille.)

ENSEMBLE.

LÉONIE.

Quoi! lui déjà, mon Dieu! je tremble!
Ah! quel trouble agite mon cœur!
De nous trouver là, seuls ensemble,
Malgré moi j'ai peur, oui bien peur!

MADAME DE SIRVANNES.

Quoi! lui déjà! comme elle tremble!
Et quel trouble agite son cœur,
De se trouver tous deux ensemble
Faut-il donc avoir tant de peur?

BERTRAND.

Quoi! lui déjà! mais il me semble,
Que ça va bien, dieu quel bonheur!
Je pars et je vous laisse ensemble :
D'un père faites le bonheur.

MADAME DE SIRVANNES, *à Guillaume.*

Près de nous vous pouvez conduire...

LÉONIE, *vivement à Guillaume.*

Un instant... (A madame de Sirvannes.)
Dans mon embarras,
J'ai mille choses à vous dire.
Madame... ne me quittez pas !

REPRISE DE L'ENSEMBLE.

LÉONIE.

Quoi! lui déjà! mon Dieu, je tremble! etc.

MADAME DE SIRVANNES.

Quoi! lui déjà! comme elle tremble! etc.

BERTRAND.

Quoi! lui déjà ! mais il me semble, etc.

(*Ils sortent tous les trois.*)

SCÈNE III.

GUILLAUME, GEORGES.

GUILLAUME.

Par ici, Monsieur, dans une minute Madame va s'y rendre.

GEORGES, *entrant.*

Fort bien, fort bien, mon garçon... eh! mais... (*L'examinant.*) C'est Guillaume, mon ancien domestique.

GUILLAUME.

Lui-même. J'avais bien reconnu Monsieur tout de suite... mais le respect...

GEORGES.

Diable!.. il paraît que tu t'es formé... bonjour, Guillaume... J'attendrai...(*Il lui fait signe, Guillaume sort.*)

GEORGES, *seul.*

Je vais donc revoir Léonie !.. c'est qu'en vérité je ne suis plus pressé le moins du monde, je viens ici pour l'acquit de ma conscience, voilà tout. Pourquoi diable aussi, juste le lendemain de mon arrivée en France, ai-je rencontré dans une soirée... quinze jours de suite... un petit nez en l'air... je raffole des nez... c'est que je n'ai jamais été pris comme cela, parole d'honneur ! et cependant en revoyant Léonie, par hasard, au spectacle, elle m'a paru bien jolie aussi, il faut en convenir, et peut-être, allais-je revenir à mes premiers sentiments, quand à peine descendu à Corbeil, qu'aperçois-je? mon petit nez ! c'est incroyable ! c'est un jeu du sort... une fatalité... et l'autre qui m'attend depuis quatre ans! qui pour moi, a peut-être refusé quatre partis!.. les hommes sont bien scélérats! enfin s'il n'y a pas moyen de faire autrement, il faudra bien que j'épouse Léonie. Un négociant n'a que sa parole... « C'est une échéance...» On vient... elle sans doute... voyons un peu.

SCÈNE IV.

LÉONIE, GEORGES.

LÉONIE, *entrant, à elle-même.*

C'est fini, il n'y a plus à reculer. (*Haut, faisant une profonde révérence.*) Monsieur....

GEORGES, *saluant avec cérémonie.*

Mademoiselle !...

LÉONIE, *à part.*

Ah! voilà un mot qui me fait un mal!... il me croit libre... pauvre Georges!

GEORGES, *à part.*

Comme elle a l'air troublé!.. est-ce qu'elle m'aimerait toujours? Pauvre Léonie!...

LÉONIE, *à part.*

Allons, puisqu'il ne veut pas commencer... (*Haut.*) Vous avez désiré me voir.

GEORGES.

Certainement.. j'ai désiré.. je désirerai toujours.. certainement. (*A part.*) Vous verrez que je ne trouverai rien à lui dire... je suis stupide, ma parole d'honneur.

LÉONIE.

J'y ai consenti... parce que... j'ai à vous parler... d'une chose...

GEORGES.

C'est qu'elle a toujours sa voix douce qui va au cœur (*lui donnant une chaise*). Je vous écoute, Mademoiselle.

LÉONIE, *à part.*

Encore, Mademoiselle!... voilà que je n'ose plus. (*Haut.*) Oui, d'une chose..... qui nous intéresse tous deux!...

GEORGES, *à part.*

Nos amours d'autrefois, je parie.... nous y voilà.

LÉONIE.

Eh bien... vous ne devinez pas?

GEORGES.

Oh! mon Dieu, non, du tout. (*A part.*) Si jolie! comment lui apprendre...

LÉONIE, *à part.*

Si confiant!.... comment l'amener là. (*Haut.*) Georges.... nous nous étions juré de nous attendre.

GEORGES.

Sans doute...

LÉONIE.

Il y a quatre années de cela.

GEORGES, *avec un soupir.*

Oh! oui... quatre grandes années!...

LÉONIE.

Qui vous ont paru telles..... Je n'en doute pas...

GEORGES.

Oh! Léonie!... (*à part.*) C'est drôle, en l'écoutant, voilà-t-il pas que mon cœur s'embrouille, et que je ne sais plus au juste si c'est elle, ou l'autre...

LÉONIE.

Je rends justice à vos sentiments... mais, vous ne m'avez pas donné une seule fois de vos nouvelles.

GEORGES, *à part.*

Les reproches qui arrivent.

LÉONIE, *appuyant.*

Pas une seule!...

GEORGES, *à part.*

Après tout, je ne peux pas les aimer toutes les deux..... et décidément, je dois lui avouer..... (*Haut.*) Ma chère Léonie...

LÉONIE, *à part.*

Ah! mon dieu!... il va me dire qu'il m'aime toujours... Je ne pourrai pas l'échapper.

GEORGES.

Ma chère Léonie... Malgré le bonheur qu'on éprouve toujours à tenir.... un serment... il pourrait se faire... que par une fatalité... cruelle... par des circonstances... tout à fait indépendantes de sa volonté.... l'un de nous.... fût forcé de manquer...

LÉONIE, *vivement.*

A sa parole... (*hésitant*) et alors?...

GEORGES.

Alors... peut-être serait-il juste de n'en accuser que cette fatalité... et surtout... cette absence qui a été si longue...

LÉONIE, *avec joie.*

Ah! merci, Georges, merci!

GEORGES, *surpris, à part.*

Elle me remercie!...

LÉONIE.

Comme c'est généreux... comme c'est bien de votre part!...

GEORGES, *de même.*

Je n'y suis plus du tout. (*Haut.*) Ah! ça, ma chère Léonie, expliquons-nous. Qu'est-ce qui est bien de ma part?

LÉONIE.

De m'avoir comprise..... de m'avoir pardonnée...

GEORGES.

Quoi donc?

LÉONIE.

Et mais, de m'être mariée.

GEORGES, *stupéfait.*

Mariée!... vous êtes mariée! (*A part.*) Moi qui avait la bêtise de... (*haut.*) Malgré vos serments! et vous avez la cruauté de m'avouer cela sans aucune émotion!... avec joie même!... comme si c'était la chose la plus naturelle du monde. Ah! Léonie! Léonie!

LÉONIE.

Mon Dieu! c'est vous-même... qui disiez tout-à-l'heure qu'il ne fallait en accuser... que l'absence...

GEORGES.

Tout-à-l'heure .. tout-à-l'heure... c'était bien différent... Ainsi, lorsque me fiant à la foi des traités, je revenais fidèle... et plus amoureux que jamais. (*A part.*) Car c'est vrai... c'est elle que j'aime, à présent, j'en suis sûr; elle est cent fois mieux que l'autre. (*Haut.*) Mariée!

LÉONIE,

GEORGES.

Non, Madame, non ; je ne veux rien entendre, vous m'avez indignement trompé. Mon peu de fortune était le seul obstacle à mon bonheur, me disait-on, et moi, simple et confiant...

Air : *Connaissez mieux le grand Eugène.*

Pour m'enrichir sur un lointain rivage
Je n'ai pas craint de m'exiler, et là,
Je me disais pour avoir du courage,
De mes travaux, mes soins... et cœtera
Ma femme un jour me récompensera !
Sans cet espoir la fatigue importune
Aurait bientôt fini par m'accabler :
Et je le perds ! Oh ! d'avoir fait fortune
Qui maintenant pourra me consoler ?...

LÉONIE.

Pauvre jeune homme !

GEORGES.

Et rien ne m'a rappelé à votre souvenir ?

LÉONIE.

J'avoue...

GEORGES.

Ah ! c'est trop fort !... mais je ne serai pas seul malheureux ! Non, je connaîtrai celui qui m'a enlevé votre cœur !.... cet odieux M. de Sirvannes !

LÉONIE, *surprise.*

M. de Sirvannes !...

GEORGES.

Et je lui rendrai tous les tourments que je lui dois.

LÉONIE, *à part.*

Oh ! comme j'ai bien fait de ne pas lui dire mon nom.

GEORGES.

Oui, Madame, désormais il me verra sans cesse sur vos pas, épiant votre regard, cherchant par tous les moyens possibles à occuper votre pensée, à agiter votre cœur, et s'il n'est pas content...

LÉONIE.

Oh ! vous ne ferez pas cela, Monsieur ?

GEORGES.

Je ferai plus encore, Madame, et peut-être à défaut d'amour, parviendrai-je à vous donner des remords !

LÉONIE.

Des remords ! ah ! Monsieur !... Vos reproches et vos menaces viennent de les effacer tous à l'instant.

GEORGES.

Léonie !...

LÉONIE.

Adieu, Monsieur.

GEORGES.

Léonie !... *(Elle lui ferme la porte au nez.)*

SCÈNE V.

GEORGES, *seul.*

Eh bien ! si je les troublerai, votre repos, votre bonheur !... Ah ! vous croyez qu'il suffira de dire : On a reçu mes serments, c'est vrai ; mais j'ai trouvé plus agréable d'y manquer, et, ma foi ! j'ai profité de l'occasion. Mais alors, quelle serait donc la destinée du malheureux qui revient plein d'amour et de confiance ? car, voilà juste ma position : je revenais ici le cœur plein d'amour et de... Enfin, j'aurais pu revenir le cœur plein... elle devait du moins le penser : c'est absolument la même chose. D'ailleurs, je suis libre, moi ! quelle différence ! Sa fidélité aurait touché mon cœur : c'est possible... c'est même probable... c'est-à-dire que c'est certain !... tandis qu'elle... elle est mariée !... mais c'est épouvantable ! A présent qu'elle est la femme d'un autre, je sens bien que c'est elle seule que j'aime... c'est très positif... je cherche en vain à me le dissimuler ; je me mens à moi-même pour me donner le courage de respecter... Eh bien ! non, je ne respecterai rien ; j'aime mieux ça... Je la poursuivrai, je l'enlèverai à son mari... Oui, je dois cet exemple à mon pays et... à la société !

Air : *Dans ce castel, dame de haut lignage.*

Il est de très bonne morale
Qu'elle trompe enfin son mari.
Et par constance, à la foi conjugale,
Elle doit manquer aujourd'hui.
Car, sa position est telle
Qu'à ce serment indignement prêté !
Son devoir... est d'être... infidèle
Oui, par respect pour la fidélité !

(Tirant de sa poche un portefeuille et écrivant au crayon.) Écrivons-lui... « Perfide !... » Mais, j'y pense, comment lui faire parvenir ?... Si cette lettre tombait entre les mains de son mari, ce polisson de Sirvannes ?... Eh ! qu'est-ce que ça me fait à moi, son mari ?... il comprendra que mes droits sont plus sacrés que les siens... c'est-à-dire... il ne voudra peut-être pas comprendre... ces gens-là sont si égoïstes !... Eh bien ! j'irai moi-même au-devant de lui, et je lui dirai... Qu'est-ce que je lui... dirai !... *(Il cherche.)*

SCÈNE VI.

GEORGES, VERRIÈRES.

VERRIÈRES, *entrant.*

Ma femme est ici... oh ! si elle me trompait !.. *(Apercevant Georges.)* un homme !... *(Il s'avance doucement.)*

GEORGES.

Eh parbleu! je lui dirai... (*Tout en parlant et gesticulant il se trouve face à face avec Verrières. Lui donnant la main.*) tiens! te voilà!... bonjour, comment te portes-tu?

VERRIÈRES, *se jetant dans ses bras.*

Georges! mon compagnon d'enfance!

ENSEMBLE.

Air: du Serment.

GEORGES, VERRIÈRES.

Dans ma main je presse
La main d'un ami,
D'une sainte ivresse
Mon cœur est saisi.

GEORGES.

Ce cher Verrières... justement je viens de chez toi, où tu trouveras un petit singe, un ouistiti, que je t'ai apporté de là-bas, avec ces mots sur le collier « Georges à son meilleur ami. »

VERRIÈRES.

Quel bonheur de se retrouver!

GEORGES.

Après quatre ans d'absence.

VERRIÈRES.

Pendant lesquels j'ai appris que tu avais fait fortune.

GEORGES.

Ne m'en parle pas, une fortune... ridicule, mon ami! je reviens... millionnaire! ça n'a pas le sens commun.

VERRIÈRES.

Mais si, mais si.

GEORGES.

Et toi, que fais-tu à présent? tu es... notaire? juge? avocat.

VERRIÈRES.

Non, avoué.

GEORGES.

Et marié, cela va s'en dire, les avoués se marient toujours, et toujours bien, n'est-ce-pas?

VERRIÈRES.

Oui, ordinairement. Seulement, moi, je donnerais tout ce que je possède... pour être encore garçon.

GEORGES.

Ah! bah!

VERRIÈRES.

Avec toi, mon ami, mon camarade d'enfance, je n'ai pas de secrets...

GEORGES.

Eh bien?..

VERRIÈRES.

Eh bien... depuis quelque temps, je ne sais quel démon s'est emparé de moi, je ne vis plus, je ne dors plus, je ne puis plus rester en place... je suis jaloux!

GEORGES.

De ta femme?.. mais c'est affreux!..

VERRIÈRES.

Oh! si elle me trompait!.. c'est que pour un mari... avoué, c'est bien plus désobligeant que pour un autre. Moi surtout qui en ce moment ai deux causes... en séparation! quel sujet de risée je deviendrais à l'audience! et penser que je serais peut-être le seul parmi mes confrères...

GEORGES.

Oh! le seul!... c'est de l'exagération; mais qu'est-ce qui cause, qu'est-ce qui motive ta jalousie?

VERRIÈRES.

Tout.

GEORGES.

Qu'est-ce que tu as vu? qu'est-ce que tu as découvert?

VERRIÈRES.

Rien.

GEORGES.

Tout, rien... mais alors...

VERRIÈRES.

Alors, c'est mille fois plus effrayant que si l'on ne pouvait plus douter.

GEORGES.

Permets, permets! tu exagères encore.

VERRIÈRES.

Oh! mon ami, pour un homme intelligent et sensible, est-ce que tout ne devient pas un affreux indice? une inflexion de voix, une coiffure nouvelle, une toilette plus coquette que d'habitude... que sais-je moi?.. une simple fleur à la ceinture, car les fleurs ont un langage, elles parlent... et si l'on n'est pas là, au commencement de la conversation, si on ne l'interrompt pas à temps...

GEORGES.

Tu as peut-être raison : ça peut devenir grave, oui, oui.

Air : Ces postillons sont d'une maladresse.

Il faut traiter le mal dès l'origine,
Un rhume que l'on négligea,
Peut devenir fluxion de poitrine.
On dit alors: Oh! si j'avais su ça!
Il est trop tard, bonsoir. Puis l'on s'en va.
Et bien souvent l'on a vu, je le gage,
L'honneur d'un époux outragé,
Mourir, hélas! au printemps du ménage,
D'un bouquet... négligé.

VERRIÈRES.

Ce qui m'irrite, ce qui m'exaspère le plus, c'est de me dire qu'il y a peut-être quelqu'un qui fait la cour à ma femme, là, tout près de moi, et à qui je donne la main.

GEORGES. *lui prenant la main.*

Pauvre ami!

VERRIÈRES.

Sans pouvoir!.. oh!.. il faut que je voie Mme de Sévannes, que je l'interroge, que je lui demande....

GEORGES.

Si ta femme a un amant ? et tu crois qu'elle te le dira ? allons donc !...

VERRIÈRES.

Comment faire, mon Dieu ? comment faire ?

GEORGES.

Écoute, les femmes ont toujours quelques cachettes, quelques meubles à secret ; j'ai même connu une belle Américaine qui ne fut trahie que par la maladresse d'une servante qui cassa,. quoi ? un sucrier ! il avait un double fond !... allez donc chercher... une perfidie, sous des morceaux de sucre !.. retourne donc chez toi ; bouleverse, furette... casse même ! il est impossible que tu ne trouves pas... un billet... une bague,... que sais-je moi ? quelque chose, enfin, qui te dira clairement ce que tu veux savoir.

VERRIÈRES.

Ah! merci, Georges, merci!

GEORGES.

Moi, pendant ce temps-là, je vais chercher le misérable !

VERRIÈRES.

Et alors...

ENSEMBLE.

Air : *Marche des Diamants de la Couronne.*

GEORGES, VERRIÈRES.

Il faut enfin qu'un châtiment,
Aussi juste, qu'il sera grand,
Frappe, ici, l'insolent
Qui s'est joué de ton/mon tourment.

GEORGES.

Point de pitié dans notre cœur
Pour ces héros du déshonneur;
Qu'il faudrait rayer de nos mœurs.
Et que l'on nomme séducteurs.

REPRISE DE L'ENSEMBLE.

GEORGES, VERRIÈRES.

Il faut enfin qu'un châtiment, etc.
(*Verrières sort.*)

SCÈNE VII.

GEORGES, *seul.*

Oui, oui... nous le découvrirons, le séducteur... Je ne conçois pas, moi, qu'on fasse la cour à la femme d'un autre... qu'on cherche à la séduire !... Mais il ne faut pas que les affaires de Mam Verrières me fassent négliger les miennes... Achevons ma lettre commencée. (*Écrivant.*) Perfide! *Parlé.* Non, il ne faut pas l'effrayer. De la douceur d'a-bord. *Écrivant.* De la douceur, ... *Parlé.*, que vous hésitez entre votre cœur et votre devoir. *Parlé.* Je tremble que la femme de Verrières n'ait pas hésité. (*Écrivant.*) L'empressement que vous mettez à me fuir me montre assez que vous m'ai-mez toujours. (*Parlé.*) Ça l'a changé, Verrières ; il s'affecte trop. Aussi les demoiselles ne songent pas assez qu'en se mariant elles contractent des obli-gations sérieuses. (*Écrivant.*) Une pauvre jeune fille sacrifiée doit-elle se croire enchaînée irrévo-cablement ? (*Parlé.*) C'est que je gagerais qu'il n'y a pas un aussi bon mari que Verrières. Ce sont toujours les bons qui ont le plus de chance. Vraiment, les femmes sont indignes de pardon.... (*Écrivant.*) Les femmes sont bien excusables..... (*Parlé.*) Qui vient là?

SCÈNE VIII.

GEORGES, GUILLAUME.

GEORGES, *à Guillaume qui traverse le jardin.*

Ah! c'est Guillaume... Attends un peu, mon garçon. (*Terminant sa lettre.*) Je vais te charger d'une commission pour ta maîtresse.

GUILLAUME.

Je suis aux ordres de Monsieur.

GEORGES.

Tu vas lui porter de ma part... (*A part.*) Tiens, mais si je profitais de l'occasion pour m'informer... Il faut bien que je sache qui l'on m'a préféré.... (*Haut.*) Dis-moi donc un peu, Guillaume, ce que c'est que M. de Sirvannes?

GUILLAUME.

C'est un excellent homme, monsieur, très gai quand il n'a pas la goutte.

GEORGES.

Ah! il a la goutte! (*A part.*) Léonie m'oublie pour un goutteux!

GUILLAUME.

C'est même ce qui l'a engagé à prendre sa re-traite.

GEORGES.

Hein? il est à la retraite depuis son mariage peut-être ?

GUILLAUME.

Précisément.

Air: *de Julie.*

Il avait dans un ministère
Fait ses 30 ans, comme employé :
Et le repos lui devint nécessaire.

GEORGES.

C'est pour ça qu'il s'est marié!
Ces employés sont intrépides !
Sans prévoir aucun accident
Il a pris femme, c'est charmant !
Comme l'on prend les Invalides.

GUILLAUME.

Monsieur n'a plus rien à me dire? (*il va pour prendre la lettre*).

GEORGES.

Un moment. (*A part.*) Je dois, en ami dévoué, faire tout marcher de front. (*Haut.*) Tu dois connaître dans ce pays une madame Verrières.

GUILLAUME.

Oui, monsieur, c'est une amie de la maison, la femme d'un avoué...

GEORGES.

Parmi les habitants de ce pays, n'en distinguerait-on pas un dont les hommages...

GUILLAUME.

Là-dessus les avis sont partagés, la femme de chambre de madame Verrières a une opinion qui diffère beaucoup de celle du portier.

GEORGES.

Et laquelle de ces deux opinions te paraît la meilleure?

GUILLAUME.

Je pencherais assez pour celle du portier, d'autant que la femme de chambre prétend que sa maîtresse est la vertu même...

GEORGES.

Tandis que le portier au contraire...

GUILLAUME.

Ce qui est bien plus naturel...

GEORGES.

Et sur quoi fonde-t-il son opinion..... le portier?

GUILLAUME.

Sur ce que M. Bertrand qui, avant l'arrivée de madame Verrières en ce pays...

GEORGES.

D'abord, qu'est-ce que c'est que M. Bertrand?

GUILLAUME.

C'est l'homme soupçonné de faire la cour...

GEORGES.

Bon... et pourquoi?

GUILLAUME.

Parce qu'il rend de très fréquentes visites à madame Verrières, et ne manque pas une soirée, un bal, quand il sait que madame Verrières y assistera.

GEORGES.

Ah! il aime le bal... C'est bon, je le ferai danser. Et, dis-moi, Guillaume, l'as-tu déjà vu ici ce matin?

GUILLAUME.

Certainement, il a même apporté un bouquet. (*Regardant.*) Et, tenez, monsieur, pendant que sa fille entre chez madame, le voici qui vient de ce côté.

GEORGES.

Ce monsieur?... Ah! il a une fille?.. et il ose... il n'y a plus de vieillards, parole d'honneur! (*Avec emphase.*) Guillaume laisse-nous, et porte cette lettre à ta maîtresse.

SCÈNE IX.

GEORGES, BERTRAND.

GEORGES, *allant à Bertrand*.

C'est donc vous, monsieur, qui, foulant aux pieds...

BERTRAND, *regardant à ses pieds*.

Je foulerais... (*A part.*) Tiens! c'est mon jeune homme! il est encore mieux que je ne croyais.

GEORGES, *après avoir regardé Bertrand en face, se détourne pour rire*.

(*à part.*) Par exemple! Voilà une drôle de figure pour inspirer des passions. Il y a méprise. (*Haut.*) Pardon, monsieur, est-ce bien vous qui vous nommez Bertrand?

BERTRAND.

Oui, monsieur, j'ai cet honneur. (*à part.*) Il sait mon nom!... Est-ce qu'on lui aurait déjà parlé de ma fille?

GEORGES, *à part, le regardant encore*.

Ça n'est pas possible!... A moins que ce ne soit pour le compte d'un autre: car ce monsieur ne peut être... qu'un manteau, un chandelier, ou une couverture! (*Haut.*) Monsieur, vous devez avoir un ami, un neveu, ou un fils?

BERTRAND.

Moi, Monsieur? j'ai une fille, un enfant charmant, grande, bien faite, et une tournure... des yeux!...

GEORGES, *à part*.

Il veut rompre la conversation. (*Haut.*) Monsieur...

BERTRAND, *l'interrompant*.

Et un caractère qui lui gagne l'affection de tout le monde!...

GEORGES.

Monsieur...

BERTRAND.

Jugez si je désire son bonheur.

GEORGES.

Monsieur! Je vois que sous une apparente simplicité, vous cachez la ruse du serpent.

BERTRAND.

Moi! Monsieur, oh! je vous jure que personne n'est moins serpent que moi.

GEORGES.

Puisque vous ne voulez pas m'entendre, je vais parler plus clairement... Je vous défends de revoir désormais madame Verrières.

BERTRAND.

Hein? plaît-il.... pourquoi ça?

GEORGES.

D'approcher d'elle... même.... à un demi-kilomètre.

BERTRAND.

Kilomètre!... mais jeune homme.

GEORGES.

Ou, à la moindre infraction à la consigne. (*En prenant sa canne, je vous brise... comme votre...*

BERTRAND.

Aïe! aïe! effectivement, vous me brisez!

GEORGES.

Silence! voilà le mari qui vient de ce côté, éloignez-vous.

BERTRAND.

Mais non... je serai enchanté de faire sa connaissance. Justement, toutes les fois qu'il est venu à Corbeil, le hasard a voulu que je fusse absent, et...

GEORGES.

Malheureux!... s'il vient seulement à soupçonner... vous êtes mort!

BERTRAND.

Laissez donc!.... Je crois, au contraire, qu'il prendrait très bien la chose.

GEORGES.

M. Bertrand! Savez-vous que c'est très immoral, ce que vous dites-là?

BERTRAND.

Hein?...Ah! parce que je prétends que le mari... Vous croyez que je veux faire entendre que... (*A part.*) Il a vraiment des principes qui m'enchantent! Je l'embrasserais (*Haut.*) Je veux vous embrasser.

GEORGES.

Eh! sortez donc!

BERTRAND.

C'est qu'il me fait mal... Il est charmant! (*Il sort.*)

SCÈNE X.

GEORGES, VERRIÈRES.

(*Verrières entre en conspirateur, et va s'asseoir près de la table contre le pavillon.*)

GEORGES.

Eh bien? aurais-tu déjà... déjà trouvé...

VERRIÈRES, *sombre; allant s'asseoir sur la chaise qui est près du bosquet.*

Oui, oui... j'ai trouvé. Tu m'avais bien dit que je trouverais.

GEORGES, *prenant la chaise que Verrières vient de quitter, et allant s'asseoir près de lui.*

Quel air sombre! C'est donc bien terrible?

VERRIÈRES, *se levant avec agitation.*

Ne me parle pas!... je ne veux pas que tu me parles!.. car c'est toi...

GEORGES, *stupéfait.*

Comment! moi !...

VERRIÈRES, *allant pour se rasseoir près du pavillon.*

Oui, toi! qui m'as ôté toutes mes illusions.

GEORGES, *lui rapportant sa chaise.*

Je ne t'ai ôté que la chaise... la voilà... Ah! pauvre garçon! qui, a 28 ans, avec une charge

d'avoué, croyait encore à la vertu des femmes! Mais voyons, qu'as-tu découvert? un portrait? une bague?...

VERRIÈRES.

Non.

GEORGES.

Des vers? une lettre?..

VERRIÈRES.

Oui, une lettre!

GEORGES.

Oh! oh! commencement de preuves par écrit. Tu connais ça, toi... un avoué!... Et que contient la lettre?

VERRIÈRES.

Un rendez-vous!... pour ce soir!

GEORGES.

Ah! que c'est heureux! Mais à qui l'épître est-elle adressée?

VERRIÈRES.

A personne.

GEORGES.

Personne?... voilà le mystère!..

VERRIÈRES.

Oh! je la forcerai bien à me dire...

GEORGES.

Elle ne te dira rien... rien du tout; elle te prouvera même que tu t'es trompé sur le sens de sa lettre.

VERRIÈRES.

Mais il n'y en a qu'un!

GEORGES.

Elle en trouvera deux...

VERRIÈRES.

Oh! c'est trop fort!

GEORGES.

C'est comme ça... Il me vient une idée... Remets cette lettre où tu l'as prise... ta femme l'enverra aujourd'hui même, puisque le rendez-vous est pour ce soir. Guette, espionne, suis le domestique qu'elle chargera de la commission, vois où il porte la lettre, et alors...

VERRIÈRES, *vivement.*

Je vais acheter des pistolets.

GEORGES, *le retenant.*

Non pas. Cours d'abord replacer le billet de ta femme, le plus mystérieusement possible, et puis...

VERRIÈRES.

J'irai acheter des pistolets.

GEORGES, *même jeu.*

Mais non, tu attendras qu'elle l'envoie...

VERRIÈRES.

Et puis j'irai...

GEORGES, *même jeu.*

Tu le suivras, et quand tu n'auras plus rien apprendre, tu reviendras me trouver, pour que tons deux ensuite...

VERRIÈRES.

Nous allons acheter des pistolets!

GEORGES, *même jeu.*

Ah! quel homme! Nous achèterons... un canon, si cela est nécessaire; mais, que diable! procédons par ordre.

ENSEMBLE.

Air : Vaudeville des chemins de fer.

VERRIÈRES.
Il a raison, laissons remettre
A son adresse le billet.
C'est seulement après la lettre
Qu'on peut tirer le pistolet.

GEORGES.
Oui, mais d'abord laissons remettre
A son adresse le billet.
C'est seulement après la lettre
Qu'on peut tirer le pistolet.

(*Verrières sort.*)

SCÈNE XI.

GEORGES, GUILLAUME, *puis* MADAME DE SIRVANNES.

GUILLAUME, *entrant.*
Monsieur, madame de Sirvannes va venir elle-même pour répondre à votre lettre.
GEORGES.
Merci, Guillaume. (*Guillaume sort.*) Elle va venir! Ah! je suis encore aimé! (*Il s'assied en gesticulant comme s'il parlait déjà à Léonie.*)
MADAME DE SIRVANNES, *sortant du pavillon, à elle-même.*
Ah! Monsieur, vous êtes amoureux de la fille de M. Bertrand, de cette bonne Louise qui vient de tout nous apprendre, et vous parlez encore à Léonie de votre fidélité!... Ceci mérite une leçon. (*Elle s'avance.*)
GEORGES, *se levant.*
Je l'entends! Heureux Georges! (*courant à elle.*) Ma chère Léonie!...
MADAME DE SIRVANNES, *lui faisant une profonde révérence.*
Monsieur!...
GEORGES, *à part.*
Que vois-je?... ce n'est pas elle!... et moi qui ai dit : Ma chère Léonie... Maladroit que je suis!
MADAME DE SIRVANNES.
Je viens, Monsieur, pour répondre... à la lettre que vous m'avez fait l'honneur...
GEORGES, *à part.*
Comment? c'est à cette dame, qui m'est totalement inconnue, que Guillaume... Oh! l'imbécille!... (*Haut.*) Pardon, Madame, d'être la cause innocente... certainement, je ne me serais pas permis... il y a eu méprise... et la lettre...

MADAME DE SIRVANNES.
Ne m'était pas destinée, je le sais, Monsieur.
GEORGES, *à part.*
Qu'est-ce que c'est donc que cette femme-là?...
MADAME DE SIRVANNES.
Mais une erreur l'a fait tomber entre mes mains.
GEORGES.
Et vous l'avez ouverte?... Je vous ferai observer, Madame, que vous avez agi... un peu légèrement... ça ne se fait pas...
MADAME DE SIRVANNES.
La suscription m'en donnait le droit.
GEORGES.
Ah!... j'y suis; c'est la belle-mère!... me voilà bien. (*Haut.*) Ah! Madame... que d'excuses... combien vous devez être irritée de mon audace.
MADAME DE SIRVANNES, *avec une légère ironie.*
Moi, Monsieur? mais point du tout.
GEORGES.
Ah! vous n'êtes pas...
MADAME DE SIRVANNES.
Pas le moins du monde.
GEORGES, *à part.*
Je n'y comprends plus rien... c'est qu'il y a des belles-mères qui vous arracheraient les yeux!
MADAME DE SIRVANNES.
Je me mets à votre place, Monsieur, et je comprends combien il est pénible pour un galant homme qui part avec un amour dans le cœur...
GEORGES.
Qui traverse les mers.... toujours avec cet amour... dans le cœur. Je les ai même traversées... deux fois... les mers.
MADAME DE SIRVANNES.
Qui les traverse... deux fois, soit; sans que le temps...
GEORGES.
Ni l'absence, ni les orages soient venus porter la moindre atteinte à la force... à la sincérité... de ses sentiments... et qui, à son retour... Ah! c'est bien cru.., Madame!
MADAME DE SIRVANNES.
Oh! tout est permis après cela...
GEORGES.
Au cœur ulcéré, n'est-ce pas? et même... un enlèvement!
MADAME DE SIRVANNES.
Mon Dieu!... un véritable amour est si rare...
GEORGES, *à part.*
L'enlèvement ne l'effarouche point? Décidément elle se moque de moi, ou c'est la crème des belles-mères!
MADAME DE SIRVANNES.
Mais ici, ce moyen... un peu violent, me paraît tout-à-fait inutile, et si vous voulez me faire l'honneur d'accepter mon invitation à une petite soirée que je donne aujourd'hui même...

GEORGES, *à part.*

Une soirée?... Elle m'invite à une soirée !

MADAME DE SIRVANNES.

L'entrevue que vous désirez aura lieu tout naturellement.

GEORGES.

Quoi ! devant tout le monde !

MADAME DE SIRVANNES.

Vous savez que c'est en public qu'on se parle souvent avec le plus de mystère.

GEORGES, *à part.*

C'est un Machiavel.... que cette femme-là ! (*Haut.*) Mais ma présence va porter ombrage.

MADAME DE SIRVANNES.

A personne. Tout le monde sera charmé de vous voir.

GEORGES.

Quoi ! même M. de Sirvannes ?

MADAME DE SIRVANNES.

Même... M. de Sirvannes... Puis-je compter sur vous ?

GEORGES.

Comment donc, Madame ?

MADAME DE SIRVANNES, *lui faisant une profonde révérence.*

A huit heures précises !

GEORGES, *saluant.*

A huit heures !

Air : *Du Chevalier du guet.*

Ainsi, ce soir,

MADAME DE SIRVANNES.

Un doux espoir

GEORGES.

Me guidera,

MADAME DE SIRVANNES.

S'accomplira.

GEORGES.

Moments charmants !

MADAME DE SIRVANNES.

Je vous attends :

GEORGES.

Mais ce bonheur .

MADAME DE SIRVANNES.

Lui fait grand peur !

(*Georges sort, Madame de Sirvannes rentre: pendant ce mouvement un domestique, une lettre à la main, a passé dans le fond, suivi à quelques pas de distance par Verrières.*)

SCÈNE XII.

UN DOMESTIQUE, VERRIÈRES.

LE DOMESTIQUE, *après la sortie de Georges, reparaît au fond du théâtre, puis Verrières, un moment après; enfin, le domestique descend en scène. Verrières, resté au fond, ne le perd pas de vue.*

On m'avait dit que je trouverais mon homme ici.

VERRIÈRES, *qui s'est glissé sous le bosquet.*

Voilà une heure que ce gaillard-là me promène avec la lettre de ma femme, et il ne l'a pas encore remise.

LE DOMESTIQUE, *regardant.*

Je ne vois personne.

VERRIÈRES.

Envoyez donc vos domestiques en course. Que diable vient-il faire ici ?

LE DOMESTIQUE, *après avoir regardé de nouveau autour de lui.*

Ma foi, je vais demander à Guillaume, ça fait que nous jaserons un peu.

(*Il va pour sortir.*)

SCÈNE XIII.

LES MÊMES, GUILLAUME.

GUILLAUME, *entrant.*

Tiens ! qu'est-ce qui t'amène ici, toi ?

LE DOMESTIQUE.

Voilà...

VERRIÈRES.

S'il s'arrête à chaque instant, nous n'arriverons jamais.

LE DOMESTIQUE, *avec mystère.*

C'est que j'ai une lettre à remettre à monsieur Georges, et l'on m'a dit que je le trouverais ici.

GUILLAUME.

Il viendra ce soir, nous recevons. Donne-moi ta lettre , je m'en charge. (*Il lui prend la lettre des mains.*)

VERRIÈRES.

Voilà l'autre qui prend la lettre, maintenant !

LE DOMESTIQUE, *à Guillaume, reprenant la lettre.*

Oh! non, je ne peux pas.

GUILLAUME.

Quand je te dis que je la lui remettrai..... j bard !

VERRIÈRES.

Ah ! la main me démange de terminer la conversation !

GUILLAUME, *remontant la scène avec le domestique.*

A propos, si tu es libre , viens donc, il y a soirée à l'office... la grosse Marguerite y sera...

LE DOMESTIQUE.

Ça n'est pas de refus.

VERRIÈRES, *descendant la scène à mesure que les domestiques la remontent.*

Me voilà bien... Je ne sais plus qui a la lettre donnée, reprise plusieurs fois... Mais, s'ils s'en vont ensemble, je puis encore...

Il se dispose à les suivre...

GUILLAUME, *au domestique. après être resté en place au fond du théâtre, à causer tout bas.*
Eh bien ! c'est dit, a ce soir.
LE DOMESTIQUE.
A ce soir.
(Ils sortent chacun d'un côté opposé.)
VERRIÈRES.
Allons, bon ! ils se séparent... lequel suivre?., ah ! j'aurais mieux fait de garder la lettre.

SCÈNE XIV.

VERRIÈRES, GEORGES.

GEORGES, *entrant.*
Ah ? c'est toi je te cherchais; eh ! bien, la lettre ?
VERRIÈRES.
Je l'escorte, c'est en suivant le domestique qui en est chargé que je suis venu ici ; mais depuis elle a passé et repassé... des mains de Pierre en celles de Guillaume; l'un vient de sortir par ici, l'autre par la, et je ne sais plus lequel suivre...
GEORGES.
Tous les deux... charge-toi de l'un, je me charge de l'autre...
VERRIÈRES.
Ah ! tu me rends la vie, *(il sort à droite).*
GEORGES, *seul.*
Ce pauvre Verrières ! tout pour le préserver ! *(il sort vivement a son tour par l'autre côté.)*
VERRIÈRES, *reparaissant du côté opposé à celui par lequel il est sorti.*
Pierre est rentré tranquillement à la maison. C'est Guillaume qui à la lettre.
GEORGES, *même jeu.*
Guillaume n'est pas sorti, c'est Pierre qui est chargé du message.
VERRRIÈRES, *se trouvant face à face avec Georges.*
Eh bien ?
GEORGES, *de même.*
Eh bien ?
VERRIÈRES.
Ce n'est pas Pierre.
GEORGES.
Ce n'est pas Guillaume.
VERRIÈRES.
Voila qui est singulier, par exemple !
GEORGES.
Que nous sommes simples: que nous importent Pierre et Guillaume? tu sais l'heure et le lieu du rendez-vous en question ?
VERRIÈRES.
Sans doute.
GEORGES.
Eh bien pour connaître le coupable il suffit de l'y surprendre: mais il te faut des armes.
VERRIÈRES.
J'ai acheté des pistolets, *(il en tire d'énormes de sa poche).*

GEORGES.
Qu'est-ce que c'est que ça !... des espingoles ! des tromblons !.. es-tu fou ?
VERRIÈRES.
Je ne suis que furieux.
GEORGES.
Il y paralt, que prétends-tu donc ?
VERRIÈRES.
Me faire... sauter la cervelle.
GEORGES.
A toi.
VERRIÈRES.
Oui, si le rendez-vous a lieu, si ma femme me trompe !... je me brûle, vois-tu, je me brûle !..
GEORGES.
Allons donc, et c'est pour cela que tu étais si pressé d'acheter !... ce n'est pas toi qu'il faut tuer !... il ne faut même tuer personne... c'est parfaitement inutile ; il s'agit seulement de donner une petite leçon au drôle qui trouble ton repos. Tu as des pistolets : va au lieu du rendez-vous, cache-toi, et attends ; il suffira de quelques grains de sel pour rendre l'aventure plus ou moins piquante. Si le séducteur devient pressant: tu armes ; s'il se jette à genoux, tu ajustes ; s'il prend les mains... oh ! alors

Air: *Il est flatteur d'épouser celle.*

Il devient ton justiciable,
Il faut, après un tel affront,
Oui, d'un stigmate ineffaçable
Le marquer... mais non pas au front.
Afin, comme a dit un grand maitre,
Qu'un jour, à ce signe certain,
Les maris puissent reconnaître
Le cœur de ce perfide humain.

VERRIÈRES.
Ainsi tu veux...
GEORGES.
Va donc, et dépêche-toi.
VERRIÈRES.
Mais c'est ici.
GEORGES.
Quoi! dans ce jardin ? ou nous sommes ?
VERRIÈRES.
Mais oui, et il ne vient pas, le misérable !
GEORGES.
Il est donc l'heure ?
VERRIÈRES.
Elle est passée !
GEORGES.
Et tu restes-là? visible à tous les yeux? Sauve-toi donc bien vite.
VERRIÈRES, *revenant.*
Puis je reviendrai?
GEORGES.
Eh !... apparemment ! *(Le retenant.)* Mais non, ne t'en va pas... entre dans ce pavillon... Je te

préviendrai dès qu'il en sera temps, et tu agiras en conséquence.

Air : *de Carlo et Carlin.*

ENSEMBLE.

Allons, par prudence,
Entre } vite ici;
J'entre }
Tout sera, je pense,
Bientôt éclairci.

(*Verrières entre dans le pavillon.*)

SCÈNE XV.

GEORGES, *seul.*

Ça marche!... ça marche!... (*Il se frotte les mains.*) Enfin, nous allons toucher au but... Diable!... mais, j'y pense... le mari est caché; l'amant va venir... Oh! l'amant... ça m'est bien égal; mais la femme... la pauvre femme, qui ne m'a rien fait du tout... je la perds! Voyons donc!... voyons donc!... Quand Verrières saura tout... en sera-t-il plus heureux?... Non, non... décidément, Verrières ne doit rien voir... rien savoir. Je le laisse bien tranquille dans son pavillon... du plus loin que j'aperçois le misérable, je cours au-devant de lui, je l'emmène, je lui flanque un bon coup d'épée, et je le force à renoncer à son crime!... Va-t-il être vexé, ce petit monsieur, en trouvant un flâneur à son rendez-vous, se promenant... dans son rendez-vous, marchant... sur les talons et sur la robe... de son rendez-vous. (*Se retournant.*) Hein?... je croyais avoir entendu... (*Regardant.*) Non, personne... Ah ça! mais il n'est donc pas amoureux, ce gaillard-là? Est-ce qu'il va me faire promener longtemps comme cela? J'ai beau me retourner de tous les côtés... Que je suis bête! c'est peut-être moi qui l'empêche de paraître... Si je me cachais... C'est cela. (*Il entre dans le bosquet fredonnant.*)

Quand on attend sa belle
Que l'attente est cruelle!
Dit monsieur Nicolo
Dans son charmant trio.

Mais arrive donc, animal! butor! mais on n'a pas idée d'un lambin pareil! Ah!... enfin... à travers le feuillage... j'aperçois... lui, sans doute.. c'est heureux!... Non, une robe blanche!... la femme qui vient la première... au rendez-vous! Ah! pauvre Verrières! pauvre Verrières!... Mais je me trompe... c'est madame de Sirvannes, Léonie! c'est le ciel qui me l'envoie! il me devait bien ça!

SCÈNE XVI.

GEORGES, LÉONIE.

GEORGES, *allant au-devant d'elle.*

Ah! madame! que vous êtes bonne!... vous vous êtes donc repentie de votre cruauté de ce matin, et vous permettez...

LÉONIE, *avec embarras.*

Monsieur...

GEORGES.

Je me disais aussi, on ne s'est pas juré une fidélité éternelle.

LÉONIE.

Georges, écoutez moi... si vous êtes ici, c'est que je me suis reproché de n'avoir pas eu en vous une entière confiance... et de vous avoir caché...

GEORGES.

Que vous m'aimez encore...

LÉONIE.

Non pas.

GEORGES.

Comment !

LÉONIE.

Georges vous êtes un bon et honnête homme, mais votre cœur n'a pas eu plus de constance que le mien.

GEORGES.

Qu'osez vous dire ?

LÉONIE.

Une jeune fille s'est chargée du soin de le prouver.

GEORGES, *surpris.*

Une jeune fille... vous savez... qui vous a dit... vous la connaissez-donc.

LÉONIE.

Je sais tout, Monsieur.

GEORGES.

Certainement elle est fort bien... de figure; mais qu'est-ce qu'une figure! quelle atteinte peut elle porter à l'impression profonde qu'a laissée dans votre cœur la femme de vos souvenirs!.. d'ailleurs je ne vous avais pas revue, Léonie.

VERRIÈRES, *passant sa tête à la fenêtre du pavillon, dont il soulève la jalousie.*

Georges !..

GEORGES, *faisant passer vivement Léonie sous le berceau.*

Oh! quelqu'un! cachez vous ici, madame, je vous prie.

LÉONIE.

Me cacher !...

VERRIÈRES.

Dis donc, Georges !...

GEORGES, *avec humeur.*

Ah ! c'est toi ?... que diable me veux tu ?

VERRIÈRES.

Je te croyais avec quelqu'un.... une femme.

GEORGES, *troublé.*

Hein ?.. tu t'es trompé.. je suis seul.. tu le vois bien.

VERRIÈRES.

En attendant.. il ne vient pas, c'est peut-être toi qui l'en empêche ?

GEORGES.

Mais non, puisqu'il ne me connaît pas.

VERRIÈRES.

Mais...

GEORGES.

Mais !... mais... tu vas tout faire manquer, si tu ne rentres pas, j'y renonce.

VERRIÈRES.

Allons, ne te fâche pas... je m'en vais.

GEORGES.

C'est bien heureux, (*retournant au berceau*). Je disais donc que je vous avais revue, Léonie, et maintenant...

LÉONIE.

Maintenant, Monsieur, ce que je vous ai caché, c'est le nom de mon mari.

GEORGES.

Le nom de votre mari !

LÉONIE, *continuant*.

Et quand je l'aurai prononcé, j'espère encore que l'amitié qui vous lie...

GEORGES.

De l'amitié pour un homme qui m'a enlevé... Ah ! oui, comptez là-dessus ! ce serait mon cousin, mon frere, mon grand père même !

LÉONIE.

C'est M. Verrières...

GEORGES, *stupéfait*.

Verrières ! Verrières ! ah bah !... mais c'est impossible !

LÉONIE.

Voilà ce que je me suis reproché de ne vous avoir pas dit tout de suite...

GEORGES.

Oui, oui... je crois que vous auriez mieux fait.. Verrières ! ce pauvre garçon ! que j'aime comme un autre moi même... à qui je sacrifierais...

LÉONIE.

Je savais bien que vous étiez honnête homme, sans cela aurais-je osé vous écrire.

GEORGES, *à part surpris*.

Elle m'a écrit !

LÉONIE, *continuant*.

Vous donner un rendez-vous ici !

GEORGES.

Ici ! quoi, madame, il se pourrait ! cette lettre dont vous aviez chargé votre domestique, cette lettre était pour moi ?

LÉONIE.

Vous le savez bien, puisque vous êtes venu.

GEORGES, *à part*.

Qu'entends-je... c'est pour me trouver que je me suis donné tant de peine ? tout-à-l'heure c'est moi que j'attendais ? oh ! mais alors, d'un moment à l'autre, Verrières avec son pistolet... peut d'après

les conseils que j'ai eu la stupidité de donner moi-même.. ciel ! la persienne a bougé.

LÉONIE.

Qu'avez-vous donc ?

GEORGES.

Rien.. rien.. (*à part*) me voilà dans une jolie situation... je sens une sueur froide.

LÉONIE.

Vous paraissez troublé.

GEORGES.

Moi !.. mon trouble est bien naturel... certainement.. (*à part*). Verrières qui est là... derrière la persienne (*haut*). Penser que j'aurais pu compromettre le repos d'un ami ; (*à part*) j'avais bien besoin de lui mon ter la tête

LÉONIE.

Est-ce que, réellement, vous m'aimeriez encore ?

GEORGES, *effrayé*.

Mais, pas du tout ! ne dites donc pas des choses comme ça. (*A part.*) J'ai entendu armer, je crois.

LÉONIE, *continuant*.

Oh ! si... je le vois bien, mais avec le temps, ça passera, mon ami.

GEORGES.

Au nom du ciel ! plus bas ! (*A part.*) Son ami ! A coup sûr, il ajuste ! et avec un pistolet monstre, encore ! (*Haut.*) Adieu, Madame.

LÉONIE, *à part*.

Oh ! mon Dieu ! il m'effraie. (*Haut.*) Georges !

GEORGES.

Ne me retenez pas.

LÉONIE.

Votre main, au moins.

GEORGES.

Ma main ! (*A part.*) Pour qu'il fasse feu !... non pas ! non pas ! ah !... (*Il se jette sur la persienne pour l'empêcher de s'ouvrir et disparaît.*)

SCÈNE XVII.

LÉONIE, BERTRAND.

BERTRAND, *accourant sitôt que Georges est parti*.

Eh bien !.. vous venez de le voir, de lui parler ?

LÉONIE, *distraite*.

Ah ! c'est vous, M. Bertrand. (*En ce moment, la jalousie du pavillon remue, et l'on voit Verrières dessous.*)

BERTRAND.

Oui, Madame ; je viens savoir ou en est la chose. (*Ici on voit le canon d'un pistolet passer à travers la jalousie.*) Je connais assez votre bon cœur pour être sûr que l'ouverture en question a été faite... (*Silence de Léonie, distraite.*) car, n'est-ce pas ?.. elle a été faite... l'ouverture ?..

LÉONIE.

Oh ! je ne lui ai rien caché.

BERTRAND.

Et alors?... pardonnez si je suis aussi pressant: mais il est certaines explications... qu'un père brûle de recevoir, et un père qui veut marier sa fille... brûle encore plus qu'un autre... naturellement... de recevoir...

LÉONIE, *étonnée.*

Un père !... (*Se remettant.*) Ah! oui, c'est au sujet de Louise... Eh bien! maintenant... j'ai le meilleur espoir...

BERTRAND.

Il serait possible?... ça aurait lieu... je vous devrais... Ah!... Madame, jamais évènement ne m'aurait rendu si heureux. (*Ici la jalousie s'agite de plus en plus.*)

LÉONIE.

Croyez, du moins, que j'y emploierai tous mes efforts.

BERTRAND.

Tous vos efforts! alors le but va être atteint. Ah! souffrez dans ma reconnaissance... (*Il prend sa main, la porte à ses lèvres : on entend armer le pistolet.*) Mais non, ce n'est pas ainsi... c'est à genoux que je dois... (*A peine Bertrand est-il à genoux, que le coup part.*) Ah! la... là...

LÉONIE *pousse un cri.*

Ah!

BERTRAND.

A l'aide !... au secours !...

~~~~~~

SCÈNE XVIII.

LES MÊMES, MADAME DE SIRVANNES, LES INVITÉS, *puis* GEORGES, *puis* VERRIÈRES.

MADAME DE SIRVANNES.

Que se passe-t-il?... Mon Dieu! qu'y a-t-il?

BERTRAND.

Ah! Madame.

GEORGES, *entrant.*

Tiens! le vieux qui a reçu pour moi!

BERTRAND.

Je ne sais... mais en m'inclinant tout-à-l'heure pour baiser la main de madame... une douleur... subite... m'a saisi... si vivement... si brusquement... aïe! aïe!.. la sciatique, peut-être.. aïe!..

GEORGES, *à part.*

Ah! pauvre bonhomme ! qui prend ça... pour une sciatique !

MADAME DE SIRVANNES.

Mais il y a eu explosion! et une arme seule...

BERTRAND.

Une arme !... vous croyez? mais alors... je serais blessé! il y aurait... attentat... sur... ma personne!.. et il importe de connaître le scélérat qui..

VERRIÈRES, *sortant du pavillon.*

C'est moi, Monsieur.

LÉONIE.

Mon mari!

MADAME DE SIRVANNES.

M. Verrières!

BERTRAND.

Vous, Monsieur?... Eh bien! vous avez fait là un beau chef-d'œuvre.

VERRIÈRES.

Moi, qui en avais le droit, qui ne me repens pas de ce que j'ai fait.. qui recommencerai encore.

BERTRAND, *se cachant derrière madame Verrières.*

Par exemple !

GEORGES, *à part.*

Je l'ai échappé belle !...

LÉONIE, *à son mari.*

Mais, Monsieur, je ne comprends pas...

VERRIÈRES, *à Léonie.*

Monsieur comprendra. (*A Bertrand.*) Sortons.

GEORGES, *se plaçant entre eux.*

Arrêtez! (*A part.*) il y aurait conscience.

VERRIÈRES.

Eh! toi aussi, Georges, tu me trahis! mais tu ne m'empêcheras pas de me venger!... Non, j'aurai sa vie, ou il aura la mienne.

BERTRAND, *stupéfait.*

Hein ? Laissez-moi donc tranquille ! tout ça m'ennuie à la fin!... voilà une heure que vous vous acharnez contre moi sans que je sache...

VERRIÈRES.

Vous osez le demander?... quand tout-à-l'heure encore vous étiez aux genoux de ma femme !

GEORGES, *à Bertrand.*

Je vous avais prévenu, gros immoral!

BERTRAND.

Comment, c'est à cause de cela...

LÉONIE.

Mais, mon ami, si vous saviez...

BERTRAND.

(*Comme illuminé.*) Ah! j'y suis, vous vous imaginez..... Rassurez-vous, nous sommes innocents; je puis à l'instant dissiper d'un seul mot...

VERRIÈRES.

Dites-le donc.

BERTRAND.

Ah! c'est que c'est difficile devant certaines personnes, et ce n'est qu'à vous seul.... (*A Georges.*) Jeune homme, vous permettez...

GEORGES, *qui s'éloigne.*

Il va encore s'en mêler ! mais c'est une vraie Providence que cet homme-là !

BERTRAND, *à Verrières.*

Désirant marier ma fille chérie... un ange, monsieur... j'avais eu recours à l'obligeance de madame Verrières... ainsi qu'à celle de madame de Sirvannes.

GEORGES, *à lui-même.*

Qu'est-ce qu'il peut lui dire?

BERTRAND.

L'arrivée de M. Georges... les convenances ré-
~~~~~~

...proques... Cependant je n'étais pas sans inquiétudes...

MADAME DE SIRVANNES, *à Verrières.*

Et c'est pour rassurer un père que Léonie a écrit à... M. Bertrand.

VERRIÈRES.

Comment ! cette lettre... ce rendez-vous?... *Signes affirmatifs de Léonie et de madame de Sirvannes.* Ah! Monsieur, que d'excuses!

GEORGES, *le regardant.*

C'est qu'il a l'air très satisfait de l'explication.

VERRIÈRES, *à Georges.*

Ah! ça, Georges, pourquoi donc ne m'as-tu pas fait confidence de tes projets de mariage?

GEORGES, *étonné.*

Hein? qu'est-ce que tu dis?... mes projets de mariage? (*Les dames lui font des signes.*) Certainement... mes projets de mariage... si je rencontre un jour une jeune fille dont les qualités..... les talents... la fortune...

VERRIÈRES.

Mais tu as trouvé tout cela dans la fille de monsieur...

GEORGES.

La fille de monsieur!.. mademoiselle Bertrand. (*à part.*) Connais pas! Quel diable de conte lui ont-ils fait? (*Nouveaux signes.*) Il paraît qu'il ne faut pas les démentir... (*Haut.*) Je ne dis pas..... il n'y a pas de doute... que mademoiselle Bertrand.. mais...

LÉONIE, *à Georges.*

Oh! soyez tranquille, nous nous sommes assurées de ses sentiments...

GEORGES.

Vous êtes bien bonnes... mais...

MADAME DE SIRVANNES, *qui est venue se placer auprès de Georges.*

D'après la demande que vous nous en aviez faite?

GEORGES, *stupéfait.*

Moi!

MADAME DE SIRVANNES, *bas.*

Vous perdez Léonie.

VERRIÈRES, *à Georges.*

Tu n'avais donc pas dit à ces dames?.. (*Nouveaux signes.*)

GEORGES.

Si, si... au contraire... certainement... j'ai dit à ces dames... (*à part.*) Où diable veulent-elles en venir? Est-ce que par hasard elles auraient juré de me marier?... Oh! mais, un instant.

VERRIÈRES.

Alors, c'est un mariage conclu.

Nouveaux signes.

GEORGES.

Je serais trop heureux, sans doute..... Seulement, je ne sais pas si M. Bertrand..... sans me connaitre...

BERTRAND.

Moi!... de la main de ces dames, je vous prends les yeux fermés...

GEORGES, *à part.*

Lui aussi!... Ah! ça, mais... c'est un guet-àpens!

BERTRAND, *le serrant dans ses bras.*

Mon cher gendre!...

GEORGES, *le repoussant.*

Un moment!... un moment! Bertrand!... que diable!

VERRIÈRES, *étonné.*

Tu refuses?

MADAME DE SIRVANNES, *avec intention, à Georges.*

Cette chère Louise! va-t-elle être contente!

GEORGES.

Louise !

LÉONIE.

Oui, celle qui m'a tout dit.

BERTRAND.

Oui, l'ange qui a une taille... des yeux...

GEORGES.

Et un petit nez...

MADAME DE SIRVANNES, *bas.*

Oui, la jeune fille que vous avez vue à Paris, que vous avez retrouvée à Corbeil...... elle vous aime !

GEORGES.

Il serait possible!... elle m'aimerait ! Ah! je suis trop heureux! (*Pressant Bertrand à son tour.*) Mon cher beau-père! (*à part.*) Il paraît décidément que c'est celle-là que je préférais.

ENSEMBLE.

Air : *De plus heureux qu'un roi.*

GEORGES.

Quel bonheur! je veux en ménage
Servir de modèle aux époux,
Moi surtout qui suis assez sage
Pour ne jamais être jaloux.

LES AUTRES.

Il est certain d'être en ménage
Le modèle des bons époux,
Lui qui surtout est assez sage
Pour ne jamais être jaloux.

GEORGES, *au public.*

Air : *Vaudeville de Turenne.*

Quand une pièce n'est pas bonne,
Et mérite votre rigueur,
Les auteurs n'épargnent personne ;
Tout est cause de leur malheur,
Acteurs, chef-d'orchestre, souffleur!
Dans leur orgueil ils sont extrêmes,
Et se cherchent bien loin, hélas!
Ah! Messieurs, ne les forcez pas
A se trouver ce soir eux-mêmes.

REPRISE DE L'ENSEMBLE.

FIN.

IMPRIMERIE HYDRAULIQUE DE GIROUX ET VIALAT, A LAGNY.

www.ingramcontent.com/pod-product-compliance
Lightning Source LLC
LaVergne TN
LVHW011014180726
843502LV00007B/2524